"¡Este libro es lo máximo!"
Charlie

"Advertencia: este libro puede provocar efectos secundarios como lágrimas de risa, carcajadas maniáticas y cachetes adoloridos."
Charlotte

"Me gustó mucho el cuento. Es chistoso y tenía cosas inesperadas, ¡en especial los brincos en la cara!"
Cameron

"Este libro es muy gracioso, es divertidísimo. Estoy convencido al cien por ciento de que a todos les gustará este libro."
Owen

"¡Una aventura increíble!"
Alice

¡No me hagan caso a mí; a estos niños de carne y hueso también les encantó el libro!

"Un libro de veras único, lleno de comentarios chiflados y geniales."
Harry

John Dougherty

Bomba Apestosa y Cara de Cátsup

en el Gran Desbarajuste

el Mejor Tejón del Mundo

Ilustrado por
David Tazzyman

Traducción de
Carolina Alvarado Graef

ALFAGUARA

Bomba Apestosa y Cara de Cátsup en el Gran Desbarajuste

Título original: *Stinkbomb & Ketchup-Face and the Badness of Badgers*

Primera edición: septiembre de 2015
Primera reimpresión: octubre de 2015

D. R. © 2014, John Dougherty

D. R. © 2015, derechos de edición para México, Guatemala, El Salvador,
Honduras, Costa Rica, Panamá, República Dominicana, Ecuador
y Nicaragua en lengua castellana:
Penguin Random House Grupo Editorial, S. A. de C. V.
Blvd. Miguel de Cervantes Saavedra núm. 301, 1er piso,
colonia Granada, delegación Miguel Hidalgo, C. P. 11520,
México, D. F.

www.megustaleer.com.mx

D. R. © 2014, David Tazzyman, por las ilustraciones en interiores y cubierta
D. R. © 2015, Carolina Alvarado Graef, por la traducción
D. R. © Sudtipos, fuente ilustrativa de página 177
2014, publicado en su idioma original por Oxford University Press
Pjorg/Shutterstock.com, imagen de salpicadura de cátsup
Pashabo/Shutterstock.com, imagen de página desvanecida

ISBN: 978-607-313-174-2

Impreso en México – *Printed in Mexico*

El papel utilizado para la impresión de este libro ha sido fabricado a partir de madera procedente
de bosques y plantaciones gestionadas con los más altos estándares ambientales, garantizando
una explotación de los recursos sostenible con el medio ambiente y beneficiosa para las personas.

Penguin
Random House
Grupo Editorial

Para mis cerditas favoritas en las antípodas,
Genevieve y Holly, con amor de su tío John.

Y, como siempre, para Noah y Cara —los originales Bomba
Apestosa y Cara de Cátsup— con todo mi amor.
Esto es, más que nunca, para ustedes. J. D.

Para Oscar y Alice

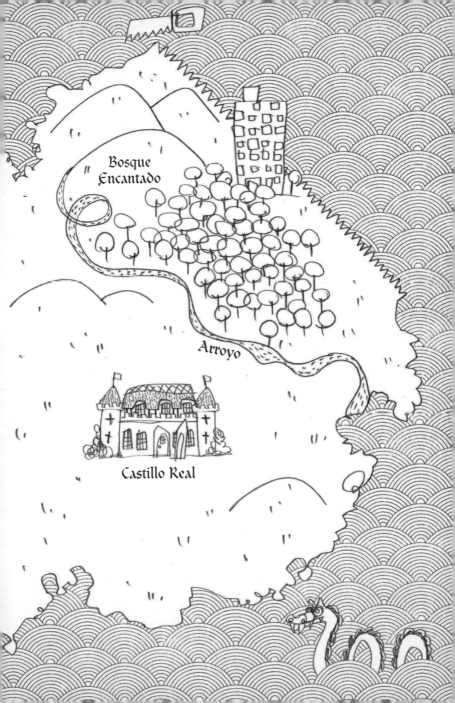

Bosque
Encantado

Arroyo

Castillo Real

Era muy temprano, y rayaba la aurora en la pequeña y tranquila isla de Gran Desbarajuste. El sol resplandeciente se asomó por el horizonte, echó un vistazo para comprobar que nadie estuviera mirando y poco a poco se encaramó en el cielo azul.

Y, muy abajo, en un gran árbol del jardín de una casa encantadora, en lo alto de una colina que mira hacia la diminuta aldea de Piedrasuelta, un mirlo se aclaró la garganta y rompió a cantar de regocijo para dar la bienvenida al nuevo día.

Dentro de aquella casa tan linda, en su hermosa recámara rosa, una niñita abrió los ojos y saltó de la cama. Fue corriendo a la ventana y abrió de golpe las persianas. La luz del sol inundó la habitación, acompañada por el dulce aroma a flores de la brisa matinal, y, como si estuviera saludando, el árbol se meció suavemente con un susurrar de hojas. Ahí,

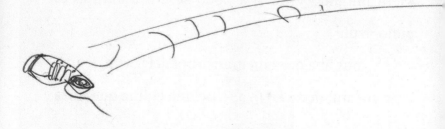

posado en la rama más cercana, tan cerca que casi

podía tocarlo, estaba el mirlo trinando con alegría.

—¡Oye! ¡Pajarraco!
¡Cierra el pico!

—gritó la niñita, y le lanzó un zapato.

El zapato rebotó en la rama y cayó al suelo, de donde lo recogió un gato que pasaba por ahí. El mirlo le sacó la lengua a la niña y le hizo una

trompetilla desafiante antes de salir volando. Entonces la niñita regresó a su cama dando pisotones malhumorados y cerró los ojos. Pero fue inútil; ya no pudo volverse a dormir. Después de unos minutos, finalmente hizo el intento de meterse a la cama y acostarse, pero eso tampoco sirvió. Así que decidió ir a brincar en la cara de su hermano.

Segundos más tarde, en la recámara al otro lado del pasillo, el niño se sacó el dedo del pie de su hermana de la fosa nasal izquierda y gruñó adormilado.

—¡Buenos días, Bomba Apestosa! —dijo la niñita alegremente, sentándose con un **¡cataplum!** sobre la barriga de su hermano—. ¡Es hora de levantarse!

—¿Por qué? —preguntó Bomba Apestosa de mal genio.

—Porque —respondió la niñita— es una mañana hermosa, y el sol brilla, y podemos jugar y tener aventuras, y si no te levantas, te voy a poner avena cocida en los pantalones el resto de tu vida, por eso.

Bomba Apestosa consideró la propuesta. La idea de tener avena cocida en los pantalones el resto de su vida ciertamente sonaba interesante pero, pensándolo bien, no estaba seguro de que le encantara. Así que decidió levantarse.

Al hacerlo, se percató de algo alarmante. Su cochinito de cerámica estaba tirado en el piso de la recámara, patas arriba y con un agujero en la panza.

—¡Oye! ¡Cara de Cátsup! —dijo, molesto—. ¿Abriste mi alcancía de cochinito?

Cara de Cátsup negó con la cabeza.

—Nop —respondió.

—¡Bueno, pues alguien lo hizo! —dijo Bomba Apestosa—. ¡Mira! —tomó el cochinito vacío y lo sacudió. Un solitario centavo cayó al piso haciendo plin sobre la alfombra—. ¡Aquí tenía **un billete de diez completito**, y ya no está!

Cara de Cátsup se encogió de hombros.

—Yo no fui.

Bomba Apestosa se rascó la cabeza. Su hermana tenía muchos defectos, pero decir mentiras no era uno de ellos.

—Bueno, entonces —dijo— deben haber sido los tejones.

Cara de Cátsup consideró lo que había escuchado. No estaba muy segura de qué eran los tejones, así que simplemente asintió e intentó parecer muy culta. Luego cambió de opinión y preguntó:

—¿Qué es un tejón?

—Es un… es un…, bueno, ya sabes —dijo Bomba Apestosa—. Hacen agujeros en el jardín y se comen las lombrices, tiran los botes de basura y espantan a las gallinas y conducen a exceso de velocidad.

—Ah —dijo Cara de Cátsup—. ¿Y también vacían cochinitos?

—Probablemente —respondió Bomba Apestosa con aire de experto—. Suena como el tipo de cosa que ellos harían.

Cara de Cátsup se rascó la cabeza. Era una cabeza bastante bonita, excepto cuando la parte de enfrente estaba cubierta de **cátsup** y **chocolate** y **mermelada** y **lodo**. En este preciso momento estaba limpia, pero podemos apostar, sin temor a equivocarnos, que para finales del Capítulo Cuatro estará mugrosa otra vez.

—¿En serio? —preguntó.

Bomba Apestosa chasqueó la lengua muy en su papel de hermano mayor.

—Por supuesto que sí —dijo—. Piénsalo. Son tejones. Los **tejones** son **ladrones**. Si no, **tejones** no rimaría con **ladrones**. Apuesto a que también volcaron nuestros botes de basura.

Cara de Cátsup abrió la ventana y miró hacia afuera. En efecto, el bote de basura de la familia estaba volcado en el jardín, dando toda la impresión de haber sido tejoneado.

—Vaya —dijo Cara de Cátsup, impresionada—, supongo que eso lo demuestra. Los tejones se llevaron tu billete. ¿Qué vamos a hacer al respecto?

Bomba Apestosa se puso en pie. Luego se puso en el otro pie, y después alternó poniéndose sobre uno y otro pie y se imaginó que ganaba una carrera y le daban una medalla. Entonces hizo un dibujo de su triunfo. Luego dibujó un dinosaurio tomando un baño. Después dejó el lápiz a un lado y dijo:

—Te diré lo que vamos a hacer. Iremos a ver al rey.

capítulo 2

En la mayoría de los cuentos, si los héroes emprenden el camino para ver al rey, se espera que sea un largo viaje. Probablemente haya **capítulos** y **capítulos** y **capítulos** en los cuales tendrán aventuras y pelearán con dragones y arañas gigantes. Se perderán en un bosque, estarán a punto de que se los coman unas brujas y tendrán que resolver acertijos misteriosos antes de poder cruzar ríos o barrancos, y ese tipo de cosas. Y probablemente también llueva, y no traerán abrigos ni sándwiches ni nada.

Afortunadamente para Bomba Apestosa y Cara de Cátsup, el rey más cercano vivía a sólo un kilómetro de distancia. El recorrido en el autobús 47 era de apenas cinco minutos si tenías 50 centavos por cabeza, pero Bomba Apestosa y Cara de Cátsup no tenían dinero, así que se pusieron en marcha a campo traviesa.

Era un día realmente hermoso. El sol brillaba sobre ellos como un tío bonachón, los árboles ondeaban como banderas amistosas y a su alrededor los pájaros gorjeaban y trinaban como un pequeño coro emplumado. Fueron testigos de la naturaleza en acción: vieron salamandras jugando a **saltar** al burro y burros jugando a **saltar** a la salamandra; conejitos jugando a **saltar** a la ardilla y ardillas jugando a **saltar** al conejito; zorros jugando a **saltar** al cerdo y cerdos jugando a **aplastar** al zorro, porque los cerdos no son muy hábiles para saltar y son bastante **grandes**.

Vieron una víbora asoleándose, corderos retozando en los pastizales y un ciervo tímido con bigote falso que se asomaba desde los setos. Todo era tan hermoso que Cara de Cátsup sintió ganas de cantar y, como inventar canciones era una de sus actividades favoritas, eso fue exactamente lo que hizo.

Esto fue lo que cantó:

"Mermelada de uva

Mermelada de uva

Mermelada de uva, mermelada de uva

Uva, uva, mermelada de uva

Uva, uva, uva, uva

Uva, uva, mermelada de uva

Mermelada de uva

¡¡Mermelada de uuuu

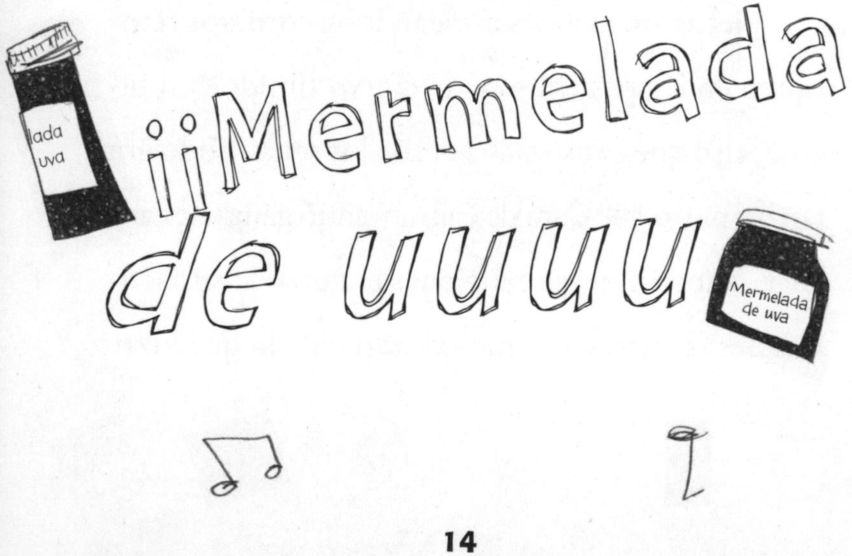

uvaaaa aaaaa!!!!!"

—Es una canción sobre la mermelada de uva —agregó.

—Muy buena —dijo Bomba Apestosa—. ¿Cómo se llama?

Cara de Cátsup lo pensó.

—Ehh... "Mermelada de uva" —respondió—. Porque trata sobre la mermelada de uva.

Bomba Apestosa asintió con seriedad.

—Ya veo —dijo. Después hizo una pausa respetuosa, porque le gustaba apoyar todo comportamiento de su hermana que no incluyera brincos en la cara y dedos en su nariz, pero sentía que la canción tenía posibilidades de mejorar un poco.

—¿No crees que tal vez se escuche un poco… repetitiva? —preguntó después de un rato.

Cara de Cátsup se **rascó** la cabeza.

—Creo que entiendo a qué te refieres —dijo—. Tal vez deba poner otros tipos de mermelada en la canción.

Así que continuaron su recorrido, Cara de Cátsup experimentando con diferentes tipos de mermelada en su canción y Bomba Apestosa tapándose los oídos, hasta que al fin divisaron el palacio.

Cara de Cátsup dejó de cantar y señaló.

—Ahí está —dijo con alegría.

—¿Qué dijiste? —preguntó Bomba Apestosa.

—Ahí está —repitió Cara de Cátsup.

—¡¿Qué dijiste?! —dijo Bomba Apestosa.

—¡Dije que ahí está!

—gritó Cara de Cátsup.

—¡¿Qué dijiste?!

—vociferó Bomba Apestosa.

—Ah —dijo Bomba Apestosa—. ¿Por qué no me lo habías dicho? Y, por cierto —añadió—, ¿por qué vienes **de cojito**?

Cara de Cátsup miró hacia abajo.

—Porque le lancé un zapato al mirlo —dijo alegremente—. ¡Vamos!

Y se alejó **brincoteando** de nuevo en un solo pie, con Bomba Apestosa **deambulando** detrás de ella hasta que llegaron al palacio.

De cojito

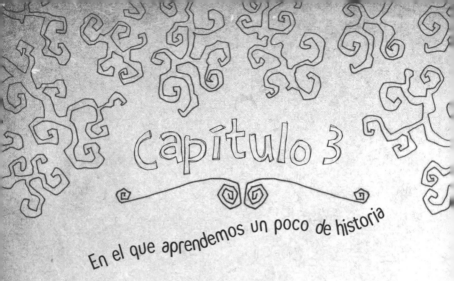

capítulo 3

En el que aprendemos un poco de historia

No son muchos los niños que viven a tan sólo un kilómetro de distancia de un rey de verdad; pero tampoco muchos niños viven cerca de la diminuta aldea de **Piedrasuelta** en la pequeña isla del **Gran Desbarajuste**. **Piedrasuelta** es la aldea capital de **Gran Desbarajuste**, que es demasiado pequeña para tener una ciudad capital o siquiera un pueblo capital; pero, a pesar de todo esto, **Gran Desbarajuste** es especial entre las islas pequeñas, porque tiene su propio rey para ella solita.

La razón de esto data de las **Guerras de las Rosas**. El **rey Ricardo III** y el **rey Enrique VII** tuvieron una discusión sobre quién era el verdadero rey y acordaron que la mejor manera de resolverlo sería enviar a un montón de hombres a un campo de batalla y hacer que se golpearan unos a otros con cosas puntiagudas.

Lo que la mayoría de la gente desconoce es que había un tercer hombre que también pensaba que era rey. Era conocido como el **rey Isabel el Confundido** y se presentaba en todos los combates queriendo participar en la pelea. El problema era que el **rey Isabel** no era muy ducho en eso de la batalla, y él y sus soldados siempre terminaban estorbando y gritando cosas como: "¡Ya deja esa cosa puntiaguda! ¡Cuidado, que le vas a sacar el ojo a alguien!".

"¡Ya deja esa cosa puntiaguda! ¡Cuidado, que le vas a sacar el ojo a alguien!"

Rey Enrique

Rey Isabel el Confundido

El efecto de sus intervenciones era algo similar a cuando un perrito intenta participar en un juego de futbol. El perro no tiene ninguna posibilidad de vencer pero se lo dificulta mucho a los demás. Así que, al final, el **rey Ricardo** y el **rey Enrique** decidieron que la única manera de continuar con la batalla sería dándole al **rey Isabel** su reinito propio, siempre y cuando prometiera irse y dejar de ser una lata.

El reino que le dieron fue, por supuesto, **Gran Desbarajuste**, que en aquel entonces se encontraba en el extremo de la Península de Cornualles. En cuanto coronaron al **rey Isabel** como monarca, el **rey Enrique** se acercó de puntitas en mitad de la noche, serruchó aquel extremo de la península y lo dejó alejarse a la deriva en el océano. El **rey Ricardo** de buena gana le habría ayudado, pero no pudo, ya que había perdido la batalla y estaba, por lo tanto, extremadamente muerto.

Y por eso **Gran Desbarajuste** tiene su propio rey.

El rey que ahora ocupaba el trono era un tátara tátara tátara tátara tátara tátara tátara tátara tátara tátara tátara y así por siempre y muchas muchas veces tátara tátara tátara, esto se pone aburrido, tátara tátara tátara tátara tátara tátara nieto del **rey Isabel el Confundido** y su nombre era **rey Sandra**, al menos hasta hace poco. Sin embargo, al rey le preocupaba que el nombre de **rey Sandra** fuera un poco tonto, así que decidió cambiarlo por algo más razonable.

Desafortunadamente, cometió el error de pedirles a los ciudadanos de **Gran Desbarajuste** que eligieran su nuevo nombre razonable, por eso ahora se le conocía como el **rey Cepillo de Dientes Comadreja**.

El **rey Cepillo de Dientes Comadreja** vivía, por supuesto, en un palacio, precisamente el palacio al cual acababan de llegar Bomba Apestosa y Cara de Cátsup.

Acuérdate. Al final del Capítulo Dos.

Ahora estamos al final del Capítulo Tres.

El palacio del rey Cepillo de Dientes Comadreja no era muy grande. A decir verdad, era más o menos del tamaño de una cabaña pequeña. Tenía unas lindas murallitas con torretas de techos de paja, unas almenas miniatura chulísimas y una casetita de vigilancia divina donde el ejército entero de Gran Desbarajuste montaba guardia.

Tal vez piensen que el ejército estaría un poco **apretado**, todo metido dentro de la casetita, pero se equivocan. Gran Desbarajuste era, por supuesto, un reino muy pequeño y no podía darse el lujo de tener un gran ejército con muchos soldados. De hecho, solamente había un soldado en el ejército de Gran Desbarajuste, y era un gato pequeño llamado Malcolm el Gato.

Bomba Apestosa y Cara de Cátsup lo miraron. Era un pequeño gato gris con un zapato y chaqueta militar roja. También tenía uno de esos sombreros altos y peludos, justo como los de los guardias del Palacio de Buckingham, pero nunca se lo ponía porque lo habría cubierto por completo y lo in-

movilizaría. En vez de ponérselo, lo usaba para recostarse sobre él y parecer más **alto** sin tener que tomarse la molestia de pararse.

—¿Y qué quieren? —preguntó Malcolm el Gato con un tono de voz que sugería absoluto desinterés a menos que el asunto se relacionara con un abrelatas y un envase de comida para gato.

—Nos gustaría ver al rey Cepillo de Dientes Comadreja, por favor —dijo Cara de Cátsup.

—¿Por qué? —preguntó Malcolm el Gato.

—Porque los tejones se robaron mi billete —dijo Bomba Apestosa.

Malcolm el Gato se enderezó y los miró a ambos sin parpadear, hasta que los empezó a incomodar un poco.

—Está bien, pues —dijo al fin—. Pueden tocar a la puerta.

Entonces, cuando Bomba Apestosa levantó la mano para tocar, el gato dijo:

—Pensándolo bien, no pueden.

Bomba Apestosa dejó caer la mano.

—¿Por qué no? —preguntó.

Malcolm el Gato lo miró, como si estuviera pensando.

—No, bueno, supongo que sí pueden —dijo.

La mano de Bomba Apestosa se acercó a la aldaba.

—¡Alto!

—gritó Malcolm el Gato.

Bomba Apestosa se detuvo y lo miró.

—Ay, bueno, ya, hazlo —dijo Malcolm el Gato.

Pero cuando Bomba Apestosa volvió a levantar la mano, el gato agregó:

—Perdón, me equivoqué, siempre no pueden. Me confundí.

—Pero... —empezó a decir Bomba Apestosa.

—Oh, bueno, de acuerdo —dijo Malcolm el Gato. Tras una pausa, en la cual Bomba Apestosa lo miró con desconfianza, agregó:

—No, adelante. En serio. Pueden tocar a la puerta. Tienen mi autorización oficial.

—¿De verdad? —preguntó Bomba Apestosa.

—De verdad —contestó Malcolm el Gato—. Es en serio. Adelante.

Bomba Apestosa levantó la mano hacia la aldaba.

—Oh, espera —interrumpió Malcolm el Gato—. Perdón, pero no puedes tocar a la puerta después de todo.

Cara de Cátsup le lanzó a Malcolm el Gato esa mirada furiosa especial que reservaba para personas particularmente molestas y para progenitores que no le daban chocolate.

—¿Qué te pasa? —preguntó.

—Perdón —dijo Malcolm el Gato—. Sólo estoy jugando. Es un hábito. No lo volveré a hacer. Ya pueden tocar a la puerta. Oh, ups —agregó cuando Bomba Apestosa intentó tocar otra vez—, me equivoqué. No pueden.

Esto habría continuado por un buen rato si no fuera porque Bomba Apestosa recordó que tenía un pescado en el bolsillo. Bomba Apestosa era de esos niños cuyos bolsillos siempre están llenos de cosas que pueden ser de utilidad, y se le ocurrió que si estás tratando con un gato poco cooperativo, la mejor manera de ganártelo es con un buen pescado gordo.

Así que sacó el pescado de su bolsillo y con un poderoso

¡PUM!

derribó a Malcolm el Gato de su sombrero de piel de oso. Antes de que Malcolm el Gato pudiera levantarse, Bomba Apestosa ya había tocado a la puerta del palacio.

Capítulo 5

En el que nuestros héroes conocen al rey

De inmediato escucharon el sonido de pasos que provenían del interior del palacio, silenciosos al principio pero **cada vez más fuertes**. Mientras esperaban, sentían el sol cálido en sus espaldas y una brisa suave en el cabello. Bomba Apestosa sentía también un ligero jalón a su costado, que resultó ser Malcolm el Gato intentando meterse a su bolsillo para robarle el pescado.

Después de un rato, la puerta se abrió y ahí estaba el rey Cepillo de Dientes Comadreja, con una bata amarilla a cuadros en la cual traía puesto un pequeño botón que decía Mayordomo.

—¿Sí? —dijo el rey Cepillo de Dientes Comadreja.

—Hola, rey Cepillo de Dientes Comadreja —dijo Cara de Cátsup, sonriendo con su sonrisa especial que reservaba para la gente importante. Se sentía particularmente orgullosa de esta sonrisa en aquel momento, ya que mostraba el hueco donde hacía poco había perdido un diente.

El rey Cepillo de Dientes Comadreja miró a Cara de Cátsup con severidad.

—Yo no soy el rey Cepillo de Dientes Comadreja —dijo con firmeza, señalando el botón que decía Mayordomo—. Soy el mayordomo. Entonces ¿qué quieren?

—Venimos a ver al rey Cepillo de Dientes Comadreja —dijo Bomba Apestosa.

—¿A quién debo anunciar? —preguntó el rey Cepillo de Dientes Comadreja.

—A Cara de Cátsup y Bomba Apestosa —respondió Cara de Cátsup, que ya se había cansado de ser siempre la segunda.

—A Bomba Apestosa y Cara de Cátsup —corrigió Bomba Apestosa, a quien le gustaba insistir en sus derechos de primogénito.

—Cara de Cátsup-y-Bomba Apestosa y Bomba Apestosa-y-Cara de Cátsup —repitió el rey Cepillo de Dientes Comadreja—, pasen. Ah —agregó—, por favor, sal del bolsillo del niño, Malcolm el Gato, que se supone que estás de guardia.

Entraron al palacio y se encontraron en un vestibulito abarrotado. El rey Cepillo de Dientes Comadreja **sumió** la panza para pasar junto a una bicicleta recargada contra el radiador y dijo:

—Por favor, síganme.

Y empezó a caminar en su sitio, al principio zapateando en el piso lo más **fuerte** posible, pero gradualmente haciendo sus pasos más silenciosos.

Bomba Apestosa y Cara de Cátsup se miraron el uno a la otra, confundidos. El rey Cepillo de Dientes Comadreja los volteó a ver por encima del hombro y se detuvo.

—Pasen por aquí —insistió.

—Pero no estás yendo a ninguna parte —observó Cara de Cátsup—. Estás caminando en el mismo lugar y haciendo tus pasos más silenciosos.

El rey Cepillo de Dientes Comadreja volteó indignado.

—No estoy caminando en el mismo lugar —protestó—. Estoy recorriendo un pasillo muy largo en un palacio impresionante. Y mis pasos se están haciendo más silenciosos cada vez porque me estoy alejando. Ahora, ¡síganme!

Bomba Apestosa y Cara de Cátsup se encogieron de hombros y empezaron a **caminar en su lugar**. Satisfecho, el rey Cepillo de Dientes Comadreja se dio la vuelta y los guio sin moverse realmente de su sitio.

Poco después llegaron a una puerta que había estado junto a ellos todo el tiempo.

—Por favor, esperen aquí —dijo el rey Cepillo de Dientes Comadreja—, he de preguntar si Su Majestad puede recibirlos.

Pasó por la puerta y Bomba Apestosa y Cara de Cátsup lo escucharon decir:

—Cara de Cátsup-y-Bomba Apestosa y Bomba Apestosa-y-Cara de Cátsup están aquí para verlo, Su Majestad.

Y luego lo escucharon decir:

—¡Qué barbaridad! Pero ¿no ven que esto de ser rey me tiene muy, muy ocupado? Estaba a punto de hacer unas cosas de la realeza y consultar algunos papeles reales y demás ocupaciones por el estilo, pero supongo que las necesidades de mis súbditos tienen prioridad. Hágalos pasar.

Y entonces lo escucharon decir:

—Muy bien, Su Majestad.

El rey asomó la cabeza y dijo:

—El rey Cepillo de Dientes Comadreja los recibirá ahora.

Bomba Apestosa y Cara de Cátsup entraron y esperaron amablemente mientras el rey Cepillo de Dientes Comadreja se quitaba el botón que decía Mayordomo, se ponía la corona y otro botón que decía Rey y se sentaba en una silla cómoda decorada con oropel y una etiqueta que decía Trono.

—Bienvenidos, leales súbditos —dijo. Luego agregó con preocupación—: Son súbditos leales, ¿verdad? No me gustaría pensar que son de los desleales. ¿Son súbditos leales?

—Oh, sí —dijo Bomba Apestosa.

—¿Qué quiere decir "súbditos leales"? —preguntó Cara de Cátsup—. ¡Ay! —exclamó cuando Bomba Apestosa le dio un codazo en las costillas—. ¿Por qué hiciste eso? Solamente estaba preguntando porque él lo mencionó y, de todas formas... ¡Ay! —volvió a exclamar cuando Bomba Apestosa le dio otro codazo—. Bueno, ya, claro, sí, somos eso, lo que sea, siempre y cuando no tenga nada que ver con espinacas.

El rey Cepillo de Dientes Comadreja se mostró aliviado.

—Ah, qué bueno —dijo—. Ahora —continuó, sonriéndole a Cara de Cátsup—, tú debes ser Cara

de Cátsup-y-Bomba Apestosa, y tú —le dijo a Bomba Apestosa—, debes ser Bomba Apestosa-y-Cara de Cátsup. Son muy jóvenes para haber venido al palacio solos. ¿No trajeron a sus padres?

—No, Su Majestad —dijo Bomba Apestosa.

—Prefieren mantener su distancia cuando estamos en un cuento —explicó Cara de Cátsup—. Porque los padres echan a perder los cuentos si intervienen. Siempre se quedan por ahí interfiriendo en las aventuras y asegurándose de que te laves las manos antes de tocar algo.

—Muy sabios —dijo el rey Cepillo de Dientes Comadreja. Después se enderezó en la silla y miró a Cara de Cátsup—. Espera un minuto —agregó—.

¿Dices que están en un cuento? ¿Justo en este momento?

—Oh, sí —dijo Cara de Cátsup—. Puedes notarlo por todos los capítulos y números de página y así.

—Pero... pero... *¿yo estoy* en el cuento también? —preguntó el rey Cepillo de Dientes Comadreja, alarmado.

—¡Sip! —respondió Cara de Cátsup alegremente.

—Sí, Su Majestad —aceptó Bomba Apestosa—. No le importa, ¿o sí?

—¡Pero estoy en bata! —dijo el rey Cepillo de Dientes Comadreja—. ¡No puedo estar en un cuento vestido de bata! ¡Esperen un minuto!

y se puso en pie de un salto y salió corriendo de la habitación.

Capítulo 6

En el que el rey Cepillo de Dientes Comadreja sube a vestirse y vuelve a bajar

En el piso de arriba, el rey Cepillo de Dientes Comadreja se puso unos lindos calzoncillos rojos con coronas doradas. Luego eligió unos pantalones morados, una camisa blanca, una capa de terciopelo rojo con ribete de peluche y se vistió. Después se acercó al tocador, cepilló su larga barba dorada y se la puso. Finalmente se peinó, se enderezó la corona y volvió a bajar.

—Muy bien —dijo al entrar—, ¿cuál es el motivo de su visita?

—Bueno, Su Majestad —dijo Bomba Apestosa—, queríamos pedirle su ayuda porque los tejones se robaron un billete de mi alcancía.

—¿Tejones?

—preguntó el rey Cepillo de Dientes Comadreja—. Imposible. No hay tejones en el reino de Gran Desbarajuste. ¡Los prohibí en un decreto real!

—¿Cree que los tejones lo sepan? —preguntó Cara de Cátsup.

—Claro que sí —dijo el rey Cepillo de Dientes Comadreja—. De cualquier manera, me habría dado cuenta si Gran Desbarajuste estuviera llena de tejones, todos **tambaleándose** por ahí pesadamente y picando cosas con esos cuernos gigantes que tienen en la punta de la nariz.

—Eh, creo que eso suena más como a rinocerontes —dijo Bomba Apestosa.

—No, no, no —contestó el rey Cepillo de Dientes Comadreja—. ¡Los rinocerontes son esas pequeñas criaturitas que hacen "iii" y que comen queso y que le tienen miedo al ejército!

—Pensé que ésos eran los ratones —intervino Cara de Cátsup.

—¡Qué tontería! —dijo el rey Cepillo de Dientes Comadreja—. ¡Lo voy a demostrar! —se acercó al librero, tomó un libro llamado *Cómo identificar a un rinoceronte*, y lo hojeó.

—Oh —dijo después de un minuto—. Parece que prohibí los rinocerontes en vez de los tejones. Bueno, ni modo. Ahora tendré que mandar a alguien a cumplir con la misión de expulsar a todos los tejones del reino. Ustedes son buenos candidatos. Andando.

Un minuto después, Bomba Apestosa y Cara de Cátsup salían del palacio sin una idea clara de a dónde ir ni cómo llegar, y con instrucciones rigurosas del rey Cepillo de Dientes Comadreja de liberar al reino de todos los tejones dentro de sus fronteras para la hora del almuerzo.

Bomba Apestosa estaba un poco molesto por cómo se habían dado las cosas, pero a Cara de Cátsup eso no le inquietaba.

—No te preocupes, Bomba Apestosa —dijo alegremente—. El rey nos encomendó una misión, así que probablemente suceda algo que nos ayude.

—¿Como qué? —refunfuñó Bomba Apestosa. Era casi media mañana y solamente había comido un desayuno y ningún tentempié, así que estaba un poco molesto.

—Ay, ya sabes —dijo Cara de Cátsup—, probablemente nos encontremos con algunos animales que estén en problemas y necesiten ayuda, y les ayudaremos porque somos amables y buenos, y entonces nos darán algo mágico que nos ayudará cuando necesitemos ayuda, y luego todos habremos recibido ayuda y todo estará bien.

Bomba Apestosa torció los ôjôs en un gesto de impaciencia.

—No seas ridícula —le dijo—. Ese tipo de cosas solamente sucede en los cuentos.

—Pero es que *estamos* en un cuento —señaló Cara de Cátsup.

—Ah, claro —dijo Bomba Apestosa—. Lo olvidé.

Y justo en ese momento escucharon una voz algo aburrida que decía:

—Ayúdenme. Oh, ayúdenme. Oh, pobre de mí, auxilio.

—Te lo dije —anunció Cara de Cátsup.

Siguieron el sonido de la voz, que los condujo a un pequeño gato gris con chaqueta militar roja.

—Oh, auxilio —dijo el gato, sin mucho entusiasmo—. Auxilio, auxilio, auxilio, oh auxilio. Auxilio.

—Hola, pobre gatito tan pero tan lindo —dijo Cara de Cátsup—. ¿Qué es lo que te pasa?

—Oh, ayuda —dijo el gato sin emoción—. Ayuda, ayuda, ayuda; mi cola está enredada en esta hierbita del pasto y no puedo liberarme.

—¿En serio? —preguntó Bomba Apestosa—. ¿Tu cola está enredada en una hierbita del pasto?

El gato simplemente se encogió de hombros.

Sin perder tiempo, Cara de Cátsup se hincó y liberó al gato, tarea que, la verdad, no requirió de esfuerzo alguno.

—¡Listo! —dijo—. ¡Ya eres libre, gatito!

—Oh, viva —dijo el gato con la misma emoción que antes y moviendo apenas un poco la cola—. Soy libre. Hurra, hurra, hurra. Hurra. Oh, cómo podría agradecerles.

—Bueno —dijo Cara de Cátsup—, ya que lo preguntas, nos podrías dar algún objeto mágico para que nos ayude en nuestra misión.

El gato la miró sin parpadear, de una manera que solamente se puede describir como sarcástica.

—Oh, qué buena idea —dijo—. ¿Por qué no pensé en eso?

Luego continuó mirándola fijamente.

—Entonces —dijo Bomba Apestosa después de una pausa larga e incómoda— ¿lo vas a hacer?

—Supongo —dijo el gato a regañadientes—. A ver. Como me salvaron de esta hierbita terrible y peligrosa, les daré... este zapato.

Sacó un artículo de calzado que se les hizo muy conocido y se lo ofreció a Cara de Cátsup.

—Oh, gracias, gatito —dijo Cara de Cátsup estirando la mano para tomarlo.

Justo cuando iba a tocar el zapato, el gato se lo arrebató.

—Oh, perdón —dijo—. Tal vez esto no era lo que debería darles. Déjenme pensar. Ah, sí. Sí era. Tengan.

Les acercó el zapato otra vez. Cara de Cátsup trató de tomarlo. El gato se lo arrebató.

Y cuando volvió a ofrecerle el zapato una tercera vez, se dio cuenta de que la mano de Bomba Apestosa se acercaba a su bolsillo. Rápidamente dejó caer el zapato al pasto.

—Gracias —dijo Cara de Cátsup mientras lo recogía—. Dime, lindo gatito, ¿cómo me ayudará este zapato mágico?

—Bueno —respondió el gato—, si alguna vez estás en peligro...

—¿Sí? —dijo Cara de Cátsup.

—... puedes ponértelo para huir corriendo. Es más rápido que saltar en un pie —dijo el gato, se dio la vuelta y desapareció entre la hierba, aparentemente sin miedo de que se le volviera a enredar la cola.

—¡Te lo dije! —exclamó Cara de Cátsup felizmente, atándose el zapato al cuello para no perderlo. Luego se adelantó nuevamente **saltando de cojito** y cantando. Bomba Apestosa la siguió, deteniéndose de vez en cuando para recoger alguna cosa interesante y metérsela al bolsillo.

Después de un rato, Bomba Apestosa dijo:

—Oye, no sabemos si vamos por el camino correcto.

—No te preocupes —dijo Cara de Cátsup—. Supongo que el siguiente animal que nos encontremos nos lo podrá decir.

Y justo en ese momento escucharon otra vocecita que decía:

"¡Auxilio! ¡Ayúdenme!"

Pero esta vez sonaba en serio.

Capítulo 8

En el que nuestros héroes ofrecen ayuda y los ayudan de regreso

—¡Auxilio! —gritó la vocecita otra vez.

Al acercarse lograron escuchar también un chapoteo frenético.

—¡Por aquí! —dijo Bomba Apestosa y corrió adelantándose mientras Cara de Cátsup iba saltando en un pie detrás de él. Pronto llegaron a una suave pendiente cubierta de hierba en la ribera de un arroyo y se toparon con una escena estremecedora: de cabeza en el agua, luchando por su vida y claramente sin saber nadar, un indefenso carrito de supermercado ondeaba inútilmente sus llantitas en el aire.

—¡No te preocupes, pequeño carrito de súper! ¡Te salvaremos!

—gritó Cara de Cátsup y corrió con Bomba Apestosa hacia el arroyo, donde se adentraron en la terrible corriente que los cubría hasta los tobillos.

Juntos, jalaron el carrito y lo enderezaron, colocándolo con cuidado sobre sus ruedas en la orilla del arroyo.

—¡Oh, gracias! ¡Gracias! —exclamó el carrito—. ¡Me salvaron! ¿Cómo podré agradecerles?

—Bueno —dijo Cara de Cátsup—, estamos en una misión para encontrar a los tejones. Supongo que tú no sabes dónde viven, ¿o sí?

—¡Pero claro que lo sé! —dijo el carrito alegremente—. Viven en el siguiente valle, junto al arroyo mágico en medio del bosque encantado, justo al lado de un pequeño edificio de departamentos. Métanse en mi canasto y los llevaré.

Bomba Apestosa y Cara de Cátsup se metieron en el canasto y de inmediato empezaron a subir a toda velocidad por la ribera del arroyo.

Fue algo muy emocionante. Imaginen que van cabalgando en un caballo mágico, el más hermoso corcel que jamás hayan visto.

Ahora, imaginen que ese caballo tiene **rueditas chirriantes** y una silla de montar hecha de alambre duro que les deja cuadritos marcados en el trasero.

Ahora imaginen que ese caballo no puede avanzar en línea recta y que todo el tiempo se está desviando hacia un lado.

Y ahora imaginen que ese caballo no es para nada un caballo, sino que de hecho es un carrito de súper.

Así era como se sentía.

A Bomba Apestosa y Cara de Cátsup les pareció genial. Bomba Apestosa inventó un juego que llamó **Atrapabichos**, en el cual tenía que mantener la boca abierta y ver cuántos bichos podía atrapar. Se ganaría un punto por atrapar una mosca, dos por un escarabajo, cuatro por una avispa y un millón por un elefante. Mientras tanto, Cara de Cátsup iba sentada al frente del canasto haciendo sonidos de caballo y gritando cosas como:

"¡Arre!"

—Te llamaré Estrellita —le dijo al carrito.

—A decir verdad —le respondió el vehículo—, me llamo Eric.

Cara de Cátsup era de esas niñas que jamás permiten que los hechos se interpongan en un buen juego.

—¡Arre, Estrellita! —exclamó. Luego le dijo a Bomba Apestosa—: Bueno, ya conocimos a un gato que nos dio un zapato y a un caballito que nos dio un paseo...

—No soy un caballito —les aclaró el carrito de supermercado.

—... así que me pregunto ¿qué más encontraremos?

—¡Un millón! —contestó Bomba Apestosa muy feliz, sacando algo de su boca para examinarlo—. ¡Atrapé un elefante!

—No te angusties, elefante —le dijo Cara de Cátsup—. Bomba Apestosa te rescató valientemente de su propia boca. Ahora nos puedes dar algo mágico que nos ayude en nuestra misión.

Entonces lo miró más de cerca.

—Espera —dijo—. Eso no es un elefante. Es un escarabajo de nariz grande.

El elefante, si es que eso era, hizo un suave sonido **zumbante** y se alejó volando.

Un rato después, el carrito se detuvo.

—No puedo llevarlos más lejos —dijo con tristeza—, porque hemos llegado al bosque encantado donde moran los tejones.

Bomba Apestosa y Cara de Cátsup miraron, pero no podían ver ningún bosque frente a ellos.

—¡Vaya! —dijo Bomba Apestosa—. Realmente está encantado, ¿verdad? ¡Es invisible!

—Eh, no —respondió el carrito—. Están mirando en la dirección equivocada.

—Ah —dijeron Bomba Apestosa y Cara de Cátsup al unísono. Se dieron la vuelta y ahí, oscuro y tenebroso, estaba el bosque encantado.

—Deberán continuar el recorrido solos —les dijo el carrito—, porque la maleza y los helechos son demasiado densos y no permiten que avancen mis rueditas. Además, le prometí a mi mami que hoy iba a limpiar mi cuarto. Pero si alguna vez necesitan ayuda, llámenme y yo acudiré. A menos que esté muy ocupado, o demasiado lejos para escucharlos, o que esté viendo un buen programa en la tele o algo así. ¡Adiós, Bomba Apestosa y Cara de Cátsup!

—¡Hasta pronto, Estrellita, mi noble corcel! —le dijo Cara de Cátsup al carrito, e intentó abrazarlo del cuello pero, como no tenía, se conformó con darle unas palmaditas en la manija.

—Sí, adiós, carrito de súper —dijo Bomba Apestosa—. Gracias por el aventón.

Se despidieron con la mano hasta que el carrito de súper se perdió de vista y luego se dieron la vuelta para entrar al bosque.

capítulo 9

En el que nuestros héroes entran al bosque y tienen un encuentro extraño

—Da un poco de miedo, ¿no? —dijo Cara de Cátsup después de un rato.

Bomba Apestosa extendió la mano hacia ella.

—Puedes darme la mano si te hace sentir mejor —dijo.

¡Auch!

—agregó al caer—. Eso no es mi mano, es mi pie.

—Perdón —dijo Cara de Cátsup—. Está un poco oscuro y tenebroso aquí. ¿Traes tu lámpara?

—Creo que sí —dijo Bomba Apestosa levantándose y buscando en sus bolsillos—. Sí, traigo una.

La sacó e intentó encenderla, pero resultó ser una empanada, así que se la comió. Luego lo volvió a intentar y por fin logró sacar una pequeña lamparita en forma de ardilla con corbata de moño que tocaba "Las ruedas del autobús" al presionar el interruptor. Apenas alumbraba, pero era mejor que nada.

Se internaron en el bosque. La enmarañada maleza y la espesura de los arbustos dificultaban su camino, y el débil rayo de luz de la lámpara parpadeaba y generaba sombras extrañas.

Después de un rato, Cara de Cátsup dijo:

—¿Por qué la luz de la lámpara está tan inestable y temblorosa?

—Porque no la puedo mantener fija —explicó Bomba Apestosa.

—¿Por qué no? —preguntó Cara de Cátsup.

—Porque voy **de cojito** —dijo Bomba Apestosa.

—Ah —dijo Cara de Cátsup—. ¿Por qué vas **de cojito**? Traes tus dos zapatos.

—Sí —respondió Bomba Apestosa—, pero todavía traes mi pie en la mano.

—Ah, sí es cierto —dijo Cara de Cátsup—. Me pregunto si pronto encontraremos a alguien que pueda ayudarnos a dar con los tejones.

Bomba Apestosa se encogió de hombros.

—¿Quieres decir otro animal? —preguntó—. Probablemente haya montones de animales aquí.

—Sí, pero en realidad tal vez no sea un animal en esta ocasión —dijo Cara de Cátsup, que se consideraba una experta en cuentos—. Podría ser un hombrecito extraño. En un montón de cuentos antiguos, cuando los héroes están en una misión, llega un momento en el que necesitan ayuda, y entonces se encuentran con alguien que los va a ayudar, y dicen algo así: "Y justo en ese momento se toparon con el hombrecito más extraño que habían visto en su vida".

Y justo en ese momento se toparon con el hombrecito más extraño que habían visto en su vida. Tenía los ojos pequeños y brillantes, las orejitas redondeadas, la cara triangular y puntiaguda, y estaba cubierto de mucho pelo gris y negro, excepto en la cabeza, donde su pelo era blanco con dos franjas negras y anchas que iban de la nariz al cuello. Sus piernas eran cortas y gruesas, y tenía cuatro, una en cada esquina.

Ah, y también tenía un rabito pequeño y regordete, su aliento olía a lombrices y botes de basura, y estaba parado en un claro del bosque grafiteando con pintura en aerosol las palabras *LOS TEJONES MANDAN* en un árbol.

—Hola, extraño hombrecito —dijo Cara de Cátsup alegremente—. ¿Nos vas a ayudar en nuestra misión?

—Depende —respondió el hombrecito extraño, que dio un salto con aire de culpabilidad y escondió la lata de pintura—. ¿Qué tipo de misión es?

—Bueno —explicó Cara de Cátsup—.

¡Yo soy Cara de Cátsup y él es Bomba Apestosa,

y nos envía el rey para liberar al reino de todos los tejones!

—Sí —agregó Bomba Apestosa—, pero primero necesitamos encontrarlos.

Los ojos pequeños y brillantes del hombrecito extraño se entrecerraron, y se hicieron aún más pequeños y aún más brillantes.

—¿Ah, sí? —preguntó—. ¿Y por qué quieren deshacerse de los tejones?

—Porque nos enteramos de todas sus fechorías **malvadas** e **infames** —dijo Cara de Cátsup, que poseía un buen sentido del dramatismo.

—¿Eso significa —preguntó con repentina preocupación el hombrecito extraño— que saben de **todas** sus fechorías malvadas e infames?

—Oh, sí —dijo Cara de Cátsup—. O, al menos, sabemos todo sobre todas las fechorías malvadas e infames que hemos averiguado. Supongo que tal vez han hecho otras.

—Ya veo —dijo el hombrecito extraño pensativamente.

—Entonces —dijo Bomba Apestosa— ¿podrías llevarnos al sitio donde viven los tejones? Está junto a un arroyo mágico justo al lado de un pequeño edificio de departamentos.

—Mmm, no estoy seguro —respondió pensativo el hombrecito extraño—. Pero tengo muchos amigos y tal vez algunos podrían ayudar. Esperen aquí, regreso en unos minutos.

Y, dejando caer su lata de pintura, desapareció entre los matorrales.

Bomba Apestosa y Cara de Cátsup esperaron.

Después de un rato, Bomba Apestosa dijo:

—Oye, Cara de Cátsup.

—¿Sí? —dijo Cara de Cátsup.

—¿Ya podrías soltar mi pie?

—Mmm, está bien —respondió Cara de Cátsup, y lo soltó.

Y después de otro par de minutos, Cara de Cátsup dijo:

—Oye, Bomba Apestosa.

—¿Sí? —respondió Bomba Apestosa.

—¿Por qué los capítulos siempre tienen que terminar justo cuando algo está pasando?

—¿Qué quieres decir? —preguntó Bomba Apestosa.

—Bueno —dijo Cara de Cátsup—, como cuando llegamos al palacio, o cuando el rey Cepillo de Dientes Comadreja subió a vestirse. Siempre es cuando algo está sucediendo. Nunca terminan cuando estás parado esperando o algo por el estilo.

—Pero podrían —dijo Bomba Apestosa.

—¿De veras?

—Sí —dijo Bomba Apestosa expertamente—. Los capítulos pueden acabar cuando quieran. Incluso podrían acabar en medio de una

Capítulo 10

frase, si quisieran.

—¡Vaya! —dijo Cara de Cátsup, impactada.

Justo en ese momento, el hombrecito extraño reapareció.

—Hola otra vez, hombrecito extraño —saludó Cara de Cátsup con entusiasmo.

—Ah, sí, hola —dijo de mala gana el hombrecito extraño—. Traje a muchos más hombrecitos extraños conmigo. A lo mejor uno de ellos les puede ayudar.

Y, de pronto, el claro del bosque se llenó de hombrecitos extraños, todos muy similares al primero, y la mayoría con expresiones más bien desagradables en sus rostros puntiagudos, rayados y peludos.

—¡Hola, hombrecitos extraños! —dijo Cara de Cátsup.

—Bien, todos ustedes, eh…, hombrecitos extraños —empezó a decir el primer hombrecito extraño en un tono revelador—. Estos dos están aquí porque averiguaron todas las fechorías **malvadas** e **infames** que los tejones han estado

haciendo **malvada** e **infamemente**. Así que vamos a…, eh…, ayudarles a encontrar a los tejones.

Se escuchó un murmullo entre los hombrecitos extraños y entonces se **acercaron** de una

manera que a Bomba Apestosa y Cara de Cátsup los hizo sentir no muy cómodos que digamos. Y luego uno de ellos, un hombrecito extraño, particularmente pequeño y con voz muy aguda y chillona, dijo en tono confundido:

—Pero si nosotros somos los tejones. —¡Shhh! ¡Cállate, Lalo el Tejón!

—sisearon todos los de-

más tejones, porque eso era lo
que eran. Pero ya era demasiado tarde, Bomba Apestosa
y Cara de Cátsup habían escuchado.

Cara de Cátsup entrecerró los ojos:

—Nunca mencionaron que ustedes fueran tejones —dijo en tono acusador.

—Eh, no lo somos —dijo uno de los tejones—. Somos, eh, hámsteres. ¿Verdad que sí, Rafa el Tejón?

—Así es —coincidió Rafa el Tejón, un gran tejón con un gran botón que decía (Gran Tejón) —. No somos tejones para nada. ¿Verdad, Hugo el Tejón?

—No —opinó Hugo el Tejón tomando un trago de té de una taza que decía el Mejor Tejón del Mundo —. Ni siquiera somos tantito tejonosos. ¿Verdad, Lalo el Tejón?

—Sí somos —dijo Lalo el Tejón alegremente. Hugo el Tejón le pasó un papelito que decía:

Finge que no eres un tejón.

Lalo el Tejón lo leyó lentamente tres veces y luego agregó:

—Eh, no, no somos —volteó el papelito y vio que del otro lado decía:

Finge que eres un hámster.

—Eh, soy un hámster —agregó.

Cara de Cátsup esbozó una sonrisa aliviada.

—Ah, bueno, está bien entonces —dijo—. ¿Pueden decirnos dónde encontrar a los tejones?

Pero a Bomba Apestosa no lo engañaban tan fácilmente. Metió la mano en el bolsillo y sacó un libro que había tomado prestado del rey Cepillo de Dientes Comadreja. Se llamaba *El libro equivocado*, pero como era el libro equivocado, lo volvió a guardar en su bolsillo y sacó otro que se llamaba *Cómo identificar a un tejón*. Lo hojeó rápidamente observando las cabezas con franjas blancas, el pelaje gris y negro, los cuerpos anchos y musculosos.

—¿Están seguros de que no son tejones? —preguntó con desconfianza.

—Oh, sí —respondieron todos los tejones—. Bastante seguros.

Bomba Apestosa pasó las páginas al capítulo que se titulaba "Maneras absolutamente infalibles de identificar a un tejón", lo leyó con cuidado y luego buscó en su bolsillo y sacó un bote de basura, una gallina y un auto deportivo.

De inmediato, los tejones volcaron el bote de basura, espantaron a la gallina y condujeron el auto deportivo a exceso de velocidad.

Los ojos de Bomba Apestosa se abrieron como platos cuando se percató del peligro inminente.

—¡Son los tejones! —gritó—.

¡Corre!

—Voy —dijo Cara de Cátsup y se sentó—. ¿Me puedes ayudar a atarme la agujeta?...

¡Auch!

—añadió justo antes de desaparecer bajo una montaña de tejones.

Bomba Apestosa estaba indignado.

-¡No se vale!
¡No es justo!

—dijo.

Rafa el Tejón levantó la vista desde su posición en la cima de la montaña.

—¿No se vale? —preguntó.

—¡No, claro que no! —dijo Bomba Apestosa con firmeza—. Mi hermana todavía no había terminado de ponerse el zapato. Lanzarse sobre ella antes de que estuviera lista es trampa.

Los tejones se sonrojaron.

—Perdón —dijeron, y se retiraron de encima de Cara de Cátsup. Lalo el Tejón incluso le ayudó a atarse la agujeta, sólo para enmendar su falta.

—Bien —agregó Bomba Apestosa—. Ahora tienen que darnos un poco de ventaja.

—De acuerdo —dijeron los tejones. Cerraron los ojos y empezaron a contar hasta cien.

Ya iban en el treinta y siete cuando Hugo el Tejón abrió los ojos y dijo:

—¡Esperen! ¡No tenemos que ser justos! ¡Nosotros somos los malos!

Todos los demás tejones se quitaron las patas de los ojos y dijeron:

—¡Ah, claro! ¡Lo olvidamos!

Todos menos Lalo el Tejón, que dijo:

—¿En serio? ¡Aaaah!

—¡Vamos por ellos!

—gritó Rafa el Tejón.

—Eh..., ¿por quiénes? —preguntó Lalo el Tejón mirando a su alrededor, confundido.

—¡Por esos niños latosos, por supuesto! —gruñó Hugo el Tejón.

Pero no había rastro de Bomba Apestosa y Cara de Cátsup.

—¡Grrr!

—gruñó Hugo el Tejón de una manera especialmente gruñona solamente para demostrar que era uno de los malos—. ¡Tras ellos!

—Pero no sabemos por dónde se fueron —dijo Lalo el Tejón. Rafa el Tejón le pateó el trasero porque quería demostrar que él también era uno de los malos. Todos los demás tejones rieron, no porque hubiera sido particularmente chistoso, sino porque ellos también eran malos.

Hugo el Tejón exhaló un **gran** suspiro:

—Somos animales, ¿no? —dijo—. Así que podemos rastrearlos usando nuestros sentidos animales.

—Cierto —dijo Lalo el Tejón con entusiasmo—. Entonces... ¡podríamos intentar **tocarlos** hasta que los encontremos!

Rafa el Tejón se le quedó mirando con dureza.

—¿Cómo los vas a **tocar** antes de encontrarlos?

Lalo el Tejón se rascó la cabeza.

—Sí, entiendo lo que quieres decir —dijo—. Entonces... ¿podemos intentar **probarlos** hasta que los encontremos?

Hugo el Tejón le dio un zape en la oreja.

—Tenemos cinco sentidos, Lalo el Tejón —dijo—. Sólo a ti se te ocurre elegir los únicos dos que son inútiles para rastrear.

—Oh —dijo Lalo el Tejón—. De acuerdo. Bien...

Miró alrededor del claro pero no pudo ver ni a Bomba Apestosa ni a Cara de Cátsup, por la sencilla razón de que no estaban ahí. Luego intentó **olerlos**, pero no podía oler nada excepto el aroma perfumado de los árboles del bosque, el dulce olor de las flores del bosque y la **apestosa peste** de la basura del bosque que se había desparramado cuando volcaron el bote.

Entonces **escuchó** con mucha, mucha atención; y los demás tejones hicieron lo mismo. Después de un rato, **oyeron** algo. De hecho, **oyeron** dos algos.

—¡Escuchen!

—dijo Rafa el Tejón—. ¿Es mi imaginación o uno de esos ruidos suena como una gallina espantada?

—Sí —dijo Hugo el Tejón—. Y el otro suena como una ardilla con corbata de moño que toca "Las ruedas del autobús".

—¡Tras ellos!

—gritaron todos los demás tejones excepto Lalo el Tejón.

—Pero suena como si estuvieran a kilómetros de distancia —observó Lalo el Tejón—. Nunca los vamos a atrapar.

—Pero claro que sí —dijo Hugo el Tejón—. Porque tú, Lalo el Tejón, no te has dado cuenta de una cosita muy importante.

—¿Qué cosita? —preguntó Lalo el Tejón.

—¡Olvidaron su auto deportivo! —dijo Hugo el Tejón.

Y todos los tejones se metieron al auto deportivo y arrancaron quemando llanta, conduciendo a toda velocidad y volcando de nuevo el bote de basura a su paso.

capítulo 11

Después hubo una persecución que fue muy emocionante. Bomba Apestosa y Cara de Cátsup corrieron lo más rápido que pudieron, y los tejones condujeron a exceso de velocidad y los alcanzaron, y Bomba Apestosa y Cara de Cátsup intentaron correr más rápido, pero no pudieron, y la gallina se espantó mucho, muchísimo, y sacó la cabeza del bolsillo de Bomba Apestosa e hizo

"¡Wua-CAAAA!" y entonces los tejones los atraparon. Menos a la gallina, que logró salir de un salto del bolsillo de Bomba Apestosa y se escapó.

De acuerdo, no parece tan emocionante al ponerlo por escrito, pero lo fue.

¡Wua-CAAAA!

En fin, entonces los tejones atraparon a Bomba Apestosa y Cara de Cátsup y los metieron al auto.

–¡Auxilio!
¡Auxilio!

—gritaron Bomba Apestosa y Cara de Cátsup, pero no hubo respuesta. Luego gritaron:

–¡Ammlio!
¡Mmmio!

—porque los tejones los habían lanzado al asiento trasero del auto y se sentaron en sus caras.

Luego los tejones condujeron de regreso al claro donde vivían y llevaron a Bomba Apestosa y Cara de Cátsup al edificio de departamentos en ruinas junto a su hogar. Ahí, en un pequeño sótano con paredes cubiertas de una alfombra horrenda color mostaza y el piso forrado de papel tapiz color naranja, los niños se enteraron del terrible destino que les aguardaba.

—Bien —dijo Hugo el Tejón—. No podemos permitir que vayan por ahí contándole a todo el mundo sobre nuestras fechorías **malvadas** e **infames**.

—No —agregó Lalo el Tejón—. En especial nuestro plan para deshacernos del rey Cepillo de Dientes Comadreja y reemplazarlo con el rey Hugo el Tejón.

—Ah —dijo Cara de Cátsup—. No sabíamos de ese plan.

—¿No sabían? —preguntó Lalo el Tejón, sorprendido—. ¿Qué tal el de tomar prisioneras a todas las mamás de Gran Desbarajuste y obligarlas a que nos hagan el almuerzo todos los días?

—Sí —dijo Rafa el Tejón—, ¡con **sándwiches de lombriz** y **salsa de bote de basura**!

—¡Mmm! ¡Yomi! —dijeron todos los demás tejones.

—Nop —dijo Bomba Apestosa—. Tampoco sabíamos de ése.

—¿Y qué me dicen —dijo Lalo el Tejón— ... del plan de ponerles sillas de montar a todos los papás y obligarlos a que nos lleven de caballito a todas partes?

Bomba Apestosa y Cara de Cátsup sacudieron la cabeza.

—Oh —dijo Lalo el Tejón—. Tal vez deberíamos liberarlos. No parece que sepan sobre todas nuestras fechorías malvadas e infames.

Hugo el Tejón le dio un zape en la oreja otra vez.

—Excepto que les acabas de decir todo, ¿no? Así que ahora ya no queda más remedio. Rafa el Tejón, trae... ¡la caja!

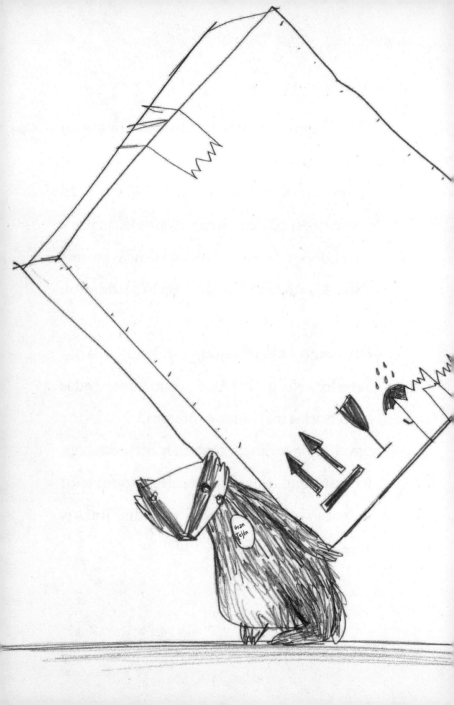

Rafa el Tejón trajo una caja. Era una caja grande de cartón.

—Bien —dijo Hugo el Tejón—. Prepárense para otra fechoría **malvada** e **infame**.

Rio con una risa **malvada** y luego pasó la caja que decía Bigotes Malvados entre todos los tejones, y cada uno tomó uno y lo retorció **malvadamente**.

—Lo que vamos a hacer es lo siguiente —continuó Hugo el Tejón—: vamos a meterlos en esta caja y luego los vamos a mandar por correo al remoto reino montañoso de Tejostán, donde los pondrán a trabajar pintándoles **rayas** a tigres de segunda mano.

Bomba Apestosa consideró la propuesta. La idea de que lo metieran en una caja de cartón y lo enviaran por correo al remoto reino montañoso de Tejostán y que luego lo pusieran a trabajar pintándoles rayas a tigres de segunda mano ciertamente sonaba interesante pero, pensándolo bien, no estaba seguro de que le encantara.

Cara de Cátsup, por otro lado, se indignó mucho.

—¡No me pueden meter a una caja y enviarme por correo al remoto reino montañoso de Tejostán y obligarme a pintarles rayas a tigres de segunda mano! —protestó—. ¿Qué hay de mis fans?

—¿Cuáles fans? —exigió saber Rafa el Tejón.

Cara de Cátsup se enderezó muy dignamente.

—Cuando sea grande —dijo—, voy a ser una cantante famosa y la gente vendrá de muy lejos a verme y si no estoy ahí porque estoy pintándoles rayas a tigres de segunda mano en el remoto reino montañoso de Tejostán, se sentirán muy decepcionados.

—Oh —dijo Hugo el Tejón—. Es una pena. Bueno, pues ni modo.

—¿Ni modo? —contestó Cara de Cátsup—. ¿Ni modo?

—Eh... tal vez podría cantarnos una canción, ¿no? —sugirió Lalo el Tejón, a quien le gustaban las canciones y sabía que no habíamos escuchado una desde el Capítulo Dos.

—¡Buena idea, Lalo el Tejón! —exclamó Hugo el Tejón.

—¿En serio? —preguntó Lalo el Tejón, sorprendido. No estaba acostumbrado a tener buenas ideas.

—En realidad, no —aceptó Hugo el Tejón—. Probablemente sea una idea estúpida, pero hagámoslo de todas maneras. De acuerdo, niñita: ¿qué nos vas a cantar?

Cara de Cátsup se aclaró la garganta.

—Voy a cantar una canción que es una verdadera muestra de genialidad —dijo—. Probablemente es la mejor canción del mundo y se llama "Mermelada de uva".

capítulo 12

En el que Cara de Cátsup canta

—Mermelada de uva —cantó Cara de Cátsup—.

Mermelada de uva, mermelada de uva

Uva, uva, mermelada de uva

Uva, uva, uva, uva

Uva, uva, mermelada de uva

Mermelada de uva

Mermelada de uva

121

Los tejones aplaudieron cortésmente.

—Muy linda —dijo Hugo el Tejón—. Bueno, ahora a la caja.

Cara de Cátsup le lanzó una dura mirada.

—Todavía no termino —dijo—. Eso fue sólo el primer verso.

—Oh, perdón —dijo Hugo el Tejón—. Pensé que era sólo uno.

—Escribí otros —dijo Cara de Cátsup con un dejo de orgullo— porque el primer verso es muy bueno, pero le hace falta más mermelada.

Y se aclaró la garganta de nuevo y empezó a cantar el segundo verso.

capítulo 13

En el que Cara de Cátsup canta
el segundo verso

—Mermelada de frambuesa —cantó
Cara de Cátsup—.

Mermelada de frambuesa

Mermelada de frambuesa, de frambuesa

Frambu, frambu, mermelada de frambuesa

Frambu, frambu, frambu, frambu

Frambu, frambu, mermelada de frambuesa

Mermelada de frambuesa

Mermelada de frambuesa

Los tejones estaban a punto de volver a juntar sus patas para aplaudir cuando Cara de Cátsup les volvió a lanzar una mirada muy dura.

—¿Aún hay más? —preguntó Hugo el Tejón, dudoso.

Cara de Cátsup asintió y empezó a cantar el siguiente verso.

Capítulo 14

En el que Cara de Cátsup canta el tercer verso

El tercer verso fue sobre mermelada de fresa.

Esta vez, Cara de Cátsup clavó la mirada dura antes de que los tejones tuvieran tiempo de aplaudir. Luego continuó.

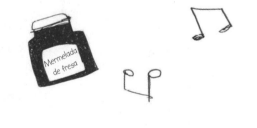

Capítulo 15

En el que Cara de Cátsup canta el vigésimo séptimo verso

El vigésimo séptimo verso fue sobre mermelada de grosella.

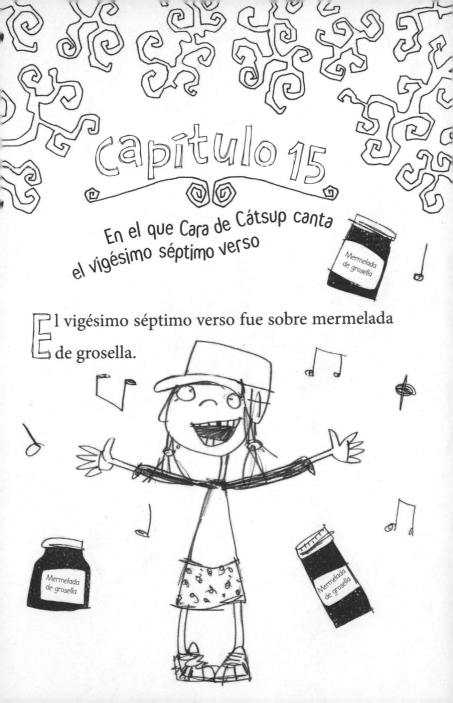

Capítulo 16

En el que Cara de Cátsup canta el quincuagésimo tercer verso

El quincuagésimo tercer verso fue sobre mermelada de coliflor.

Capítulo 17

—Mermelada de elefante —cantó Cara de Cátsup—.

Mermelada de elefante

Mermelada de elefante, mermelada de elefante

Elefante, elefante, mermelada de elefante

Ele, ele, ele, ele

Ele, ele, mermelada de elefante

Mermelada de elefante

Lalo el Tejón bostezó y Cara de Cátsup le lanzó otra mirada dura. Con ésta, ya iban quinientas tres miradas duras que lanzaba a un tejón desde que empezó la canción y Cara de Cátsup sentía que se estaba volviendo bastante buena.

—¿Dijiste algo? —le preguntó con frialdad.

—Eh, no, nada —dijo Lalo el Tejón acongojadamente. En cierto momento, por ahí del verso doscientos cincuenta, el que empezaba con "Mermelada de narciso", los otros tejones se habían alejado de puntitas, dejándolo encargado y con instrucciones precisas de llamarlos cuando Cara de Cátsup hubiera terminado su canción. Desafortunadamente, no parecía que esto fuera a suceder pronto.

capítulo 18

En el cual Cara de Cátsup canta el verso cuatro mil setecientos sesenta y nueve

—Mermelada de micropaquicefalosaurio —cantó Cara de Cátsup—.

Mermelada de micropaquicefalosaurio

Mermelada de micropaquicefalosaurio,

mermelada de micropaquicefalosaurio

Mermelada de micropaquicefalosaurio,

Micropaquicefalosaurio,

micropaquicefalosaurio,

mermelada de micropaquicefalosaurio

Micro, micro, micro, micro

Micro, micro, mermelada de micropaquicefalosaurio

Mermelada de micropaquicefalosaurio

Mermelada de micropaquicefalosaurio

Mermelada

Le lanzó otra mirada muy dura a Lalo el Tejón
cuando se puso de pie.

—dijo—. Y todos los demás tejones ya se fueron.
Tienes que quedarte y ser mi público.

—Eh, siéntete libre de continuar sin mí —dijo
Lalo el Tejón, retorciéndose incómodo—. Voy a
regresar en un minuto. Es que, eh, tengo que ir
a hacer popó.

Y se fue corriendo hacia la puerta.

Capítulo 19

En el que interrumpen a Cara de Cátsup

—¡Rápido! —dijo Bomba Apestosa—. ¡Salgamos de aquí!

Cara de Cátsup le lanzó una mirada dura.

—¡No he terminado mi canción! —dijo.

—La puedes terminar después —le insistió Bomba Apestosa.

—¡Pero ya casi llego a la mejor parte!

—Mira —le dijo Bomba Apestosa—, puedes terminar la canción en este momento, y entonces los tejones nos van a meter en una caja de cartón y nos van a mandar por correo al remoto reino montañoso de Tejostán, donde nos pondrán a trabajar pintándoles rayas a tigres de segunda mano, o podemos escapar e ir a casa y entonces les puedes cantar la canción a mamá y papá después de que termine el cuento.

Cara de Cátsup lo pensó.

—A mamá y papá probablemente les guste mi canción, ¿verdad?

Bomba Apestosa asintió.

—Supongo que les encantará.

—¿Y qué pasará con los tigres de segunda mano? —preguntó Cara de Cátsup—. También les
habría gustado, ¿no?

Bomba Apestosa sacudió la cabeza.

—Probablemente no —respondió.

—Oh —dijo Cara de Cátsup—. ¿Estás seguro?

—Bastante seguro —dijo Bomba Apestosa—.

Los tigres tienen pésimo gusto musical.

—Ah, está bien —dijo Cara de Cátsup—. No me hubiera gustado decepcionar a los tigres, es todo. Entonces ¡es hora de escapar!

Y se escaparon.

O, al menos, completaron la primera parte de la escapatoria, que implicaba ir de puntitas al ascensor. Estaba descompuesto, pero Cara de Cátsup lo arregló con una de sus miradas duras y se metieron, bajaron en la planta baja y salieron de puntitas por la puerta principal. Por desgracia, tan pronto como hicieron eso, se vieron completamente rodeados de tejoncs.

—¡Oigan! —dijo Hugo el Tejón gruñonamente—. ¿Qué se creen escapando si más bien deberían estar terminando la canción y metiéndose en la caja?

—¡Sí! —estuvo de acuerdo Rafa el Tejón—. ¿Y qué hicieron con Lalo el Tejón?

—¡En un momentito bajo! —se escuchó la voz aguda y chillona desde la ventana del piso de arriba—. Sólo estoy limpiándome el trasero.

Los tejones gruñeron. En ese momento ya estaban de muy mal humor, porque, además de que a

la mayoría no le había tocado ni una sola línea de diálogo, todo parecía indicar que aparte de Lalo el Tejón, Rafa el Tejón y Hugo el Tejón, ninguno de ellos iba a recibir siquiera un nombre para el final del cuento. Acorralaron a nuestros héroes, y parecía que esta vez ya no habría escapatoria. Pero entonces...

—¿Qué es ese sonido chirriante? —preguntó Cara de Cátsup.

Los tejones se dieron la vuelta y los recibió una imagen horrenda, excepto que no era tan horrenda. Pero definitivamente era una imagen, y la vieron. Avanzando hacia ellos, o digamos que casi siempre hacia ellos, excepto cuando se iba de lado, se acercaba el carrito de súper. Y sentado muy erguido orgullosamente dentro del carrito venía el rey Cepillo de Dientes Comadreja; y sentada sobre la cabeza del rey Cepillo de Dientes Comadreja, anidando en el centro de la corona, venía la gallina espantada.

—¡Vaya! —dijo el rey Cepillo de Dientes Comadreja, mientras el carrito de súper se acercaba y se iba de lado contra un árbol—. ¿Qué hacen ustedes dos metidos en medio de todos estos antílopes?

—No son antílopes, son tejones —dijo Bomba Apestosa, que abrió *Cómo identificar a un tejón* en una página con fotos para enseñárselas al rey Cepillo de Dientes Comadreja.

—Ah, ya veo —dijo el rey Cepillo de Dientes Comadreja al ver la fotografía—, creo que ya entendí. Vine a ayudarlos porque el pulpo me dijo que estaban en problemas.

—¿Cuál pulpo? —preguntó Cara de Cátsup, intrigado.

—Éste, por supuesto —dijo el rey Cepillo de Dientes Comadreja, señalando a la gallina espantada—. Bueno, no me lo dijo exactamente, pero usó mímica y me hizo un dibujo.

—Y yo escuché sus gritos de ayuda —dijo el carrito de súper—, y mi mami me dijo que como ya casi terminaba de limpiar mi cuarto y había hecho un gran esfuerzo, podía terminar más tarde, así que también vine. Y, afortunadamente, alguien ha estado conduciendo un auto deportivo a exceso de velocidad por el bosque encantado y toda la maleza y los helechos están **apachurrados**, así que ahora sí puedo entrar.

—¡Wua-CAAAA!

—agregó la gallina espantada.

El murmullo de los tejones se volvió entonces más amenazador, porque muchos de ellos sentían que no era justo que hasta una gallina espantada tuviera más diálogos que ellos.

—Ya vine —dijo Lalo el Tejón, saliendo por la puerta que estaba detrás de Bomba Apestosa y Cara de Cátsup—. ¿Me perdí de algo?

Rafa el Tejón lo miró con recelo.

—¿Te lavaste las patas? —preguntó.

Lalo el Tejón se sonrojó.

—¡Ups! —dijo, y desapareció de nuevo.

—Entonces —continuó el rey Cepillo de Dientes Comadreja— los rescataré de estos **malvados**… —hizo una pausa y revisó el libro de nuevo— tejones.

—¿Ah, sí? —preguntó Hugo el Tejón—. ¿Tú y cuál ejército?

—Yo *y mi* ejército, por supuesto —dijo el rey Cepillo de Dientes Comadreja.

—Miau —dijo el ejército, saliendo de detrás de él y saltando con gracia por encima del carrito.

—¡Oooooooh!

—murmuraron los tejones nerviosamente. Nunca habían visto a un ejército entero.

—Así como lo ven —dijo Malcolm el Gato—.

Están todos arrestados.

—¿De verdad? —preguntó Rafa el Tejón.

—No, en realidad no —dijo Malcolm el Gato—. Pueden irse, siempre y cuando prometan que no lo van a volver a hacer, ¿de acuerdo?

Los tejones asintieron y empezaron a alejarse.

—Oh, esperen tantito —dijo Malcolm el Gato—.

Me equivoqué. Mejor dicho, sí están arrestados, después de todo.

—Buuu —dijeron los tejones y regresaron a pararse frente a Malcolm el Gato y esperaron a que les pusieran las esposas.

—Aunque —añadió Malcolm el Gato —, supongo que si se portaran muy bien podría dejarlos ir...

Y entonces, cuando los tejones, esperanzados, empezaron a alejarse de nuevo, agregó:

—O tal vez no.

Las puertas del edificio de departamentos se volvieron a abrir y Lalo el Tejón salió otra vez.

—¿Me perdí de algo? —preguntó.

—Sí —respondió Hugo el Tejón amargamente—. Nos está arrestando el ejército.

Lalo el Tejón miró al ejército.

—Pero es sólo un gato —dijo.

—Ah, es cierto —respondieron todos los tejones—. Mira nada más...

Y tomaron a Bomba Apestosa y Cara de Cátsup, y al rey Cepillo de Dientes Comadreja, y a Malcolm el Gato, y al carrito de súper, y a la gallina espantada y los metieron en la caja de cartón y los enviaron por correo al remoto reino montañoso de Tejostán.

Iban muy apretados en la caja. Bomba Apestosa terminó con el codo del rey Cepillo de Dientes Comadreja dentro de la nariz y la cola de Malcolm el Gato en la oreja. La gallina espantada le puso un huevo en la cabeza.

—¡Oigan! —dijo Cara de Cátsup, que estaba doblada a la mitad debajo del carrito de súper—. ¡Puedo meterme los dedos de los pies a la boca!

Bomba Apestosa lo intentó y se dio cuenta de que él también se los podía meter a la boca, lo cual al menos servía para pasar el tiempo. Descubrieron que también podían meter los dedos de los pies en la boca de los demás, pero el rey Cepillo de Dientes Comadreja no los dejó meterlos a la suya porque dijo que ese tipo de cosas no era muy digno de la realeza.

Cuando se aburrieron de eso, jugaron **Veo, veo,** aunque no fue muy divertido porque los tejones se habían llevado la lámpara de Bomba Apestosa y cada turno empezaba con: "Veo, veo una cosita que empieza con la letra **O**", y entonces todos adivinaban Oscuridad, y todos tenían la razón siempre; excepto cuando le tocó a Cara de Cátsup. Su **O** resultó ser de Olga, quien dijo que era su amiga imaginaria. Esto molestó un poco a Bomba Apestosa porque sabía que la amiga imaginaria de Cara de Cátsup se llamaba Salario, que no empezaba con **O**, ni siquiera con la mala ortografía de Cara de Cátsup.

—Y además —se quejó—, ¿cómo la puedes ver en la oscuridad?

—Porque es imaginaria —explicó Cara de Cátsup.

Poco después se acabó ese juego y Bomba Apestosa y Cara de Cátsup se turnaron para preguntar "¿Ya mero llegamos?" cada cinco minutos.

Y durante todo este tiempo, la caja iba **rebo-
tando** y **zarandeándose** y haciendo todas las
cosas que hacen las cajas cuando van en el correo.

Finalmente sintieron que alguien estaba po-
niendo la caja en el piso, y luego escucharon el
sonido inconfundible de alguien tocando la puerta.

—¿Aquí será la fábrica de tigres de segunda
mano? —preguntó Cara de Cátsup—. No alcanzo
a oír a ningún tigre.

Un momento después, se volvió a escuchar el
sonido inconfundible de alguien que toca la puerta.
Le siguió el sonido inconfundible del cartero lle-
nando uno de esos papelitos de "Pasamos a entregar
el paquete pero no había nadie" y dejándolo en el

buzón, y después la sensación inconfundible de ser cargados y depositados detrás de un bote de basura en la parte trasera de la casa. Y después, el sonido inconfundible del cartero que se alejaba, seguido por el sonido inconfundible de que ya no pasaba nada.

Después de un rato, Cara de Cátsup dijo:

—Estoy aburrida de estar en esta caja. ¿Ya nos podemos salir?

—Me temo que estamos atrapados —le explicó el rey Cepillo de Dientes Comadreja—. Si nadie viene a sacarnos, podríamos quedarnos encerrados en esta caja hasta que llueva lo suficiente para que el cartón se remoje y quede todo blando.

Bomba Apestosa consideró la propuesta. La idea de estar encerrado en una caja hasta que lloviera lo suficiente para que el cartón se **remojara** y quedara todo **blando** ciertamente sonaba interesante pero, pensándolo bien, no estaba seguro de que le encantara.

—Si tan sólo tuviéramos un cuchillo —dijo el carrito de súper, azotando su canasto en vano contra el costado de la caja en un intento inútil de escapar.

—¡Yo tengo uno! —dijo Bomba Apestosa con gran entusiasmo al acordarse de repente. Logró retorcer la mano hasta meterla en su bolsillo y sacó un **cómic**…

una **bolsa de papas**,

un **elefante de cartón**,

un **poste de telégrafo**,

una **roca de forma interesante**

y una **ardilla**,

hasta que finalmente halló una **navaja** brillante y muy filosa con la cual recortó una puerta en la pared de la caja.

Capítulo 21

En el que nuestros héroes escapan de la caja de cartón y Cara de Cátsup hace un descubrimiento

—¡Somos libres! —gritó el carrito de súper.

—¡Hurra! —gritó el rey Cepillo de Dientes Comadreja.

—¡Wua-CAAAAA! —gritó la gallina espantada.

Malcolm el Gato se había dormido en el canasto del carrito de súper durante el juego de **Veo, veo,** así que no dijo nada. Bomba Apestosa tampoco dijo

161

nada, sólo se veía muy orgulloso de sí mismo. Pero Cara de Cátsup miraba la navaja con **suspicacia**.

—¿Es nueva esa cosa? —preguntó.

Bomba Apestosa asintió.

—La compré ayer —dijo—. Llevaba años queriendo una.

—¿De dónde sacaste el dinero para comprarla? —quiso saber Cara de Cátsup.

Bomba Apestosa hizo un gesto de impaciencia.

—Si te importa *tanto* —dijo—, tenía un billete de diez en mi alcancía y...

Y ahí se detuvo.

—Oh —dijo.

Se puso rojo.

—Oh —repitió.

Y luego exclamó "¡Ay!" porque Cara de Cátsup le estaba brincando **una** y **otra** vez sobre los pies.

–¡Eres un idiota, Bomba Apestosa!
—gritaba—.

¡Inútil montón de caspa! ¡Almohadota que apesta a coliflor! ¡Pedazo de cartón con sabor a guácala de sapo!

Fábrica de tigres de
segunda mano Tejostán
Casa de Bomba Apestosa
y Cara de Cátsup
En lo alto de la colina
Con vista a la diminuta
aldea de Piedrasuelta
Gran Desbarajuste
GD1 1GD
En algún lugar del
océano
El mundo
El universo

Hizo una pausa para recobrar el aliento.

—Nos asustaron en un bosque tenebroso, nos persiguieron tejones, nos metieron en una caja y nos mandaron por correo al remoto reino montañoso de Tejostán para pintarles rayas a tigres de segunda mano por el resto de nuestras vidas, y ni siquiera terminé de cantar mi canción, y ahora resulta que los tejones ni siquiera se robaron tu billete, ni siquiera un pedacito. ¡Todo es culpa tuya!

El rey Cepillo de Dientes Comadreja se puso muy serio de repente.

—¿Quieren decir que los tejones en realidad no son **malvados** e **infames**? —preguntó—. Dios mío. Pobres criaturas inocentes. Los juzgamos mal.

—Bueno, no..., AY... en realidad, no —explicó Bomba Apestosa—. Digo... AY... nos metieron a la caja y nos mandaron por correo al... AY... remoto reino montañoso de Tejos... AY... tán.

—Sí —agregó Cara de Cátsup sin aliento, todavía brincando—. Y van a obligar a todas las mamis a preparar sus almuerzos repugnantes y a todos los papis a que los lleven de caballito a todas partes.

—Es cierto —dijo Bomba Apestosa—, y... AY... te van a reemplazar con... AY... el rey Hugo el Tejón... AY.

—AY... —gimió también Cara de Cátsup y se dejó caer, exhausta y jadeando, sobre el pasto.

—¿Qué? —dijo el rey Cepillo de Dientes Comadreja, **horrorizado**—. ¿Derrocarme y poner a un tejón en el trono de Gran Desbarajuste? Pero... pero ¡eso es turrón!

—Eh, creo que lo que quiso decir fue traición, Su Majestad —intervino tímidamente el carrito de súper.

—¡Tonterías! —respondió el rey Cepillo de Dientes Comadreja—. La traición es ese dulce con almendras y miel. Pero, como sea, ¡debemos detenerlos!

—¿Pero cómo? —preguntó Cara de Cátsup—. Estamos en el remoto reino montañoso de Tejostán.

—Eh, no, no estamos ahí —aclaró el carrito de súper.

Miraron a su alrededor y se dieron cuenta de que era verdad.

—¡No puedo creerlo! —dijo el rey Cepillo de Dientes Comadreja—. ¿Cómo llegamos aquí?

Fue como un milagro, o al menos como una de esas veces que el cartero entrega el paquete en la casa equivocada. Lejos de estar en el remoto reino montañoso de Tejostán, estaban detrás de un bote de basura en la parte trasera de la casa de los mismísimos Bomba Apestosa y Cara de Cátsup, en una colina con vista a la diminuta aldea de Piedrasuelta.

El carrito de súper estaba examinando la caja.

—¡Miren! —dijo—. ¡Alguien cambió la dirección!

Bomba Apestosa miró.

—Ah, sí —dijo—. Olvidé que había hecho eso.

—¿Tú lo hiciste? —preguntó el rey Cepillo de Dientes Comadreja.

Bomba Apestosa asintió.

—Sí —respondió—. Mientras Cara de Cátsup estaba cantando su canción. Durante el verso de la mermelada de ornitorrinco. Me aburrí un poco, así que saqué una pluma y escribí mi nombre y dirección en la caja.

—¡Qué suerte que lo hiciste! —dijo el rey Cepillo de Dientes Comadreja—. ¿Pero cómo vamos a impedir que los tejones cometan más de sus fechorías **malvadas** e **infames**?

Todos hicieron

"Mmmm"

y se rascaron las cabezas por un momento.

Luego, Bomba Apestosa saltó y señaló el bote de basura.

—¡Este bote me acaba de dar una idea! —dijo—. ¡Pero tenemos que actuar muy rápido!

—¿Por qué? —preguntó el rey Cepillo de Dientes Comadreja, preocupado.

—Porque ya casi llegamos al final del cuento —explicó Cara de Cátsup.

—Y tenemos que ir a la tienda —agregó Bomba Apestosa.

—¡Rápido, Estrellita, mi fiel corcel!

—gritó Cara de Cátsup.

—¿Quién? —preguntó el carrito de súper—. Ah, ya, cierto.

—¡Ay! —dijo Malcolm el Gato, que despertó porque Cara de Cátsup se había metido de un salto al canasto y se sentó sobre él—. ¡Ay! ¡Ay! —agregó cuando Bomba Apestosa y el rey Cepillo de Dientes Comadreja y la gallina espantada se metieron detrás de ella.

—¿Adónde los llevo? —preguntó el carrito de súper entusiasmado.

—¡Andando, a toda velocidad!

—gritó Bomba Apestosa.

¡A la aldea de Piedrasuelta!

capítulo 22

En el que los tejones reciben su merecido y todo termina felizmente

En cuanto se puso el sol, los tejones salieron del bosque encantado y cruzaron el valle a hurtadillas. **Husmeantes** y **apresurados** se aproximaban, destellando dentadura y zarpa bajo la luz de la luna. Sus corazones iban plenos de **maldad** e **infamia**, sus mentes repletas de pensamientos de traición, y sus barrigas llenas de lombrices y restos de basura.

Las otras criaturas percibieron con sus sentidos animales que los tejones estaban al acecho y se sintieron llenas de temor. Las tórtolas se atortolaron, las moscas se mosquearon y los zorros seguían en cama recuperándose del **aplastamiento** de los cerdos. Algunos de los animales más valientes no dudaron en expresar sus sentimientos al paso de los tejones: una víbora les **siseó**, un caracol los **abucheó**, un mirlo se **burló**, un burlo se **mirló**, y un puercoespín escribió una **carta indignada** a los periódicos. Sin embargo, casi todos los demás se escondieron, porque sabían a ciencia cierta que lo que tramaban los tejones no podía ser nada bueno.

Pero cuando los tejones, decididos a hacer el **mal**, llegaron a la cima de la colina y empezaron a descender al valle donde se encontraba la diminuta aldea de Piedrasuelta, se toparon con una escena maravillosa y nunca antes vista.

Un sendero de botes de basura, todos **brillantes** y **nuevos**,

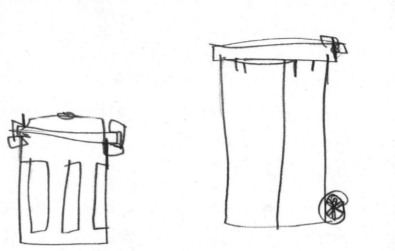

que pedían a gritos que los **volcaran**, se adentraban en la aldea.

177

¡Sí!

—gritaron los tejones. Estaban a punto de salir corriendo para volcar todos los botes cuando Hugo el Tejón habló.

—¡Estense ahí! —gritó, con una voz tan autoritaria que todos los tejones se detuvieron de inmediato—. ¡No podemos andar por ahí volcando todos esos botes!

—Pero... ¡somos tejones! —rezongó Lalo el Tejón.

—¡Sí! —agregó Rafa el Tejón—. ¿Qué clase de tejones seríamos si fuéramos por la vida sin volcar botes de basura?

Hugo el Tejón se cruzó de patas y los miró con severidad:

—Tejones silenciosos, esa clase de tejones seríamos —dijo—. ¡Se supone que tenemos que entrar en silencio para poder llegar al palacio bajo el manto de la noche y que me coronen rey!

—Sí —dijo Rafa el Tejón—, pero podríamos tirar unos cuantos en el camino, ¿no?

—¡Por favooooor!

—agregó Lalo el Tejón. Y todos los demás tejones juntaron sus patitas, hicieron pucheros y pusieron unos ojitos muy muy grandes, porque alguna vez habían escuchado a una niña decir que es una buena manera de conseguir lo que quieres.

—¡No! —dijo Hugo el Tejón estrictamente.

—¡Buuuuuuu!

—protestaron todos los tejones.

—Bueno —dijo Hugo el Tejón—, tal vez les dé permiso de volcar uno. Siempre y cuando sean muy, muy silenciosos.

—¡Hurra!

—susurraron todos los tejones, y emprendieron nuevamente el camino.

Avanzaban lo más silenciosamente posible, aunque Lalo el Tejón no paraba de silbar quedito porque tenía pegada la tonada de "Mermelada de uva". No era una tonada muy pegajosa, pero la había escuchado cuatro mil setecientas sesenta y nueve veces. Rafa el Tejón le daba codazos a cada rato para que se callara.

Entraron de puntitas a la aldea, sorprendidos y maravillados ante el número y variedad de botes de basura que había en oferta. ¿Cuál deberían escoger para volcarlo? ¿El **cuadrado** y verde junto a la pescadería? ¿El **cilíndrico** de bronce junto a la herrería? ¿El rojo y largo con **forma de botella** junto a la pastelería? Todos eran muy tentadores, pero ¿cómo elegir?

Entonces, de pronto, lo vieron. Sus ojos se abrieron de par en par con deleite e ilusión. Cada uno de ellos supo que, si sólo iba a tener la oportunidad de volcar un bote, tendría que ser ése. Ahí estaba, alto como una casa y del doble de ancho, al fondo de la calle, plateado y resplandeciente bajo la luz de la luna. Mientras lo miraban asombrados, los

¡A la

tejones delirantes ya empezaban a imaginar el escándalo que provocaría al chocar contra el suelo, estrellándose de una manera más **ruidosa** y **basurosa** que cualquier otro bote jamás volcado.

Intercambiaron miradas emocionadas y entonces...

Corrieron cerrando filas y se lanzaron hacia este **bote de botes**, con el corazón lleno de **éxtasis** y **arrebato** por la osadía de su inminente travesura. Corrieron cada vez más rápido, hasta que no se hubieran podido detener aunque lo quisieran, y justo antes de ese momento de dicha plena, cuando iban a chocar con el bote para volcarlo **rodando** y **retumbando** por el suelo...

—¡Jalen!

—gritaron Bomba Apestosa y Cara de Cátsup al unísono y, junto con el rey Cepillo de Dientes Comadreja y la gallina espantada y todos los habitantes de Piedrasuelta, jalaron con todas sus fuerzas la cuerda del color de la noche que estaba ingeniosamente oculta y atada al enorme bote de basura. Y el carrito de súper, en su astuto escondite debajo del bote, lo empujó chirriando con todas sus fuerzas, y el bote empezó a rodar y quitarse del paso de los tejones.

—¡¡¡Aaaahhh!!!

—gritaron los tejones sorprendidos, que ya no pudieron frenar y se siguieron corriendo de frente hasta el interior de la cárcel piedrasueltense que había estado siempre oculta detrás del gran bote.

—¡Oh, no! —añadieron cuando Malcolm el Gato saltó y cerró la puerta tras ellos.

—¡Los capturamos, horribles tejones apestosos! —exclamó Cara de Cátsup alegremente—. ¡Y ahora tendrán que quedarse en la cárcel por siempre jamás!

—Bueno, no por siempre jamás —intervino Bomba Apestosa—. Sólo hasta que cumplan su pena.

—Eso no es mucho tiempo —dijo Cara de Cátsup—. Creo que éstos ni conocen la pena. Por lo menos debería ser hasta el final del cuento. Aunque ya no falta mucho.

—De hecho —intervino el rey Cepillo de Dientes Comadreja—, la condena por cometer turrón es permanecer en la cárcel hasta la mitad del cuento que sigue al que sigue.

—Eso me parece justo —dijo el carrito de súper.

—¡WUA-CAAAA! —exclamó la gallina espantada.

—Esperen un momento —interrumpió Malcolm el Gato—. Se me hace que éstos no son los mismos tejones. Tal vez deberíamos liberarlos.

Abrió la puerta de la cárcel de nuevo. Luego dijo:

—O tal vez sí son los mismos —y la cerró—. Pero, por otro lado...

—¡Grrr! —gruñó Rafa el Tejón—. ¡Ya verán!

—¡Así es! —añadió Hugo el Tejón—. ¡Vamos a escaparnos y volcamos todos los botes de basura de la aldea y luego cometemos otras fechorías **malvadas** que todavía ni se nos ocurren!

—¡Sí! —dijeron los demás tejones a coro, excepto Lalo el Tejón, que acababa de encontrar los juegos de mesa de la cárcel.

—¡Oigan! —dijo—. ¿Alguien quiere jugar Monopolio?

—¡Pido el carrito! —gritaron todos los demás tejones a la vez.

—¡Vamos, todos! —dijo el rey Cepillo de Dientes Comadreja—. ¡Es hora de celebrar! ¡Vamos al Café de Piedrasuelta!

¡Hurra!

—exclamaron Bomba Apestosa y Cara

de Cátsup y el carrito de súper y todos los habitantes de la aldea.

—¡Wua-CAAAAA! —agregó la gallina espantada.

—¡Grrrrr!

—renegaron los tejones. Y empezaron a mover el carrito sobre el tablero del Monopolio a exceso de velocidad y tiraron todas las casitas y los hoteles a su paso.

Así fue como, unos minutos después, Bomba Apestosa y Cara de Cátsup se encontraron en el Café de Piedrasuelta, rodeados de admiradores locales que les compraron toda clase de **deliciosas golosinas**. Les contaron a todos la historia de sus aventuras y el rey Cepillo de Dientes Comadreja les otorgó medallas. En el café todo era **cálido** y **acogedor** y **amistoso**. A la distancia, podían escuchar el grato sonido de la puerta de la cárcel que se abría y se cerraba repetidas veces. Pensaron entonces que sólo faltaba una cosa para que la escena fuera totalmente perfecta.

Y en ese momento, para su deleite, vieron la silueta de dos figuras conocidas tras el vidrio esmerilado de la puerta del café, que comenzó a abrirse.

—¡Mamá! ¡Papá! —gritó Bomba Apestosa.

—¡HOLA, MIS AMORES!

—se escuchó la voz de su madre desde afuera—.

¿PODEMOS ENTRAR? ¿YA ACABÓ EL CUENTO?

—Sí —respondió Cara de Cátsup alegremente.

Mermelada de uva

por Cara de Cátsup

Allegro

Mer - me - la - da

f

De   u - u - va

Mer-me-la - da   de u - u - va

U - u - va U - u - va   U - u - u - va

Agradecimientos

Agradezco a todos los que hicieron, dijeron o fueron alguna cosa que luego me robé para usarla en este libro. Agradezco en particular a Toby Perot, por inspirar la canción de Cara de Cátsup; a Saskia Honey Jarlett McAndrews, por sus habilidades excepcionales para nombrar reyes; a mi viejo y querido amigo John Sandford, preguntándome si recordarás qué pedacito te robé; y a Malcolm el gato por ser un gato llamado Malcolm.

Y mi especial y muy particular agradecimiento a Noah y Cara por toda la inspiración e ideas, ayuda y aliento, y por iluminar mi vida incluso cuando las cortinas están cerradas y estoy tratando de dormir. Sin ustedes, no habría Gran Desbarajuste.

J. D.

Foto © Michael Dannenberg

John Dougherty

(Autor)

¡Me gusta escribir sobre Bomba Apestosa
y Cara de Cátsup!

Ilustración de Stanley Tazzyman

David Tazzyman

(Ilustrador)

¡Me gusta dibujar tejones!

Bomba Apestosa y Cara de Cátsup en el Gran Desbarajuste, de John Dougherty
se terminó de imprimir en octubre de 2015
en los talleres de
Impresora Tauro S.A. de C.V.
Av. Plutarco Elías Calles 396, Col. Los Reyes, México D.F.